長大想要做什麼呢？

作　　者　溫家豪
校　　對　溫家豪
插　　畫　溫家豪
發 行 人　張輝潭
出版發行　白象文化事業有限公司
　　　　　412台中市大里區科技路1號8樓之2（台中軟體園區）
　　　　　出版專線：（04）2496-5995　　傳眞：（04）2496-9901
　　　　　401台中市東區和平街228巷44號（經銷部）
　　　　　購書專線：（04）2220-8589　　傳眞：（04）2220-8505
專案主編　林榮威
出版編印　林榮威、陳逸儒、黃麗穎、水邊、陳婷婷、李婕
設計創意　張禮南、何佳諠
經紀企劃　張輝潭、徐錦淳、廖書湘
經銷推廣　李莉吟、莊博亞、劉育姍、林政泓
行銷宣傳　黃姿虹、沈若瑜
營運管理　林金郎、曾千熏
印　　刷　基盛印刷工場
初版一刷　2023年1月
定　　價　280元
Ｉ Ｓ Ｂ Ｎ　978-626-7253-07-6（精裝）

作者介紹

溫家豪
師大美術系博士班
國小特教老師

把教室當成書店經營
用繪本增進閱讀廣度
讓孩子感知世界美好

把本書獻給學習歷程上啟蒙我的
呂明蓁教授、周淑卿教授
林佩璇教授、陳昭儀教授
陳瓊花教授、趙惠玲教授
以及親愛的家人們

我的夢想

森林教室裡，
貓頭鷹老師請大家想一想，
等一下輪流分享
自己未來長大的夢想。

小熊哥，膽子大，
什麼事情都不怕，
長大想當警察，
讓小偷和壞人都害怕。

小啄木鳥，很聰明
爸爸希望他當醫師，
但他更想當雕刻師。

小蝌蚪們，來自音樂世家。
他們長大想跟爸媽一樣，
當個有名的聲樂家。

小象妹妹，力氣大，
不但是個大力士，
未來還要當護士。

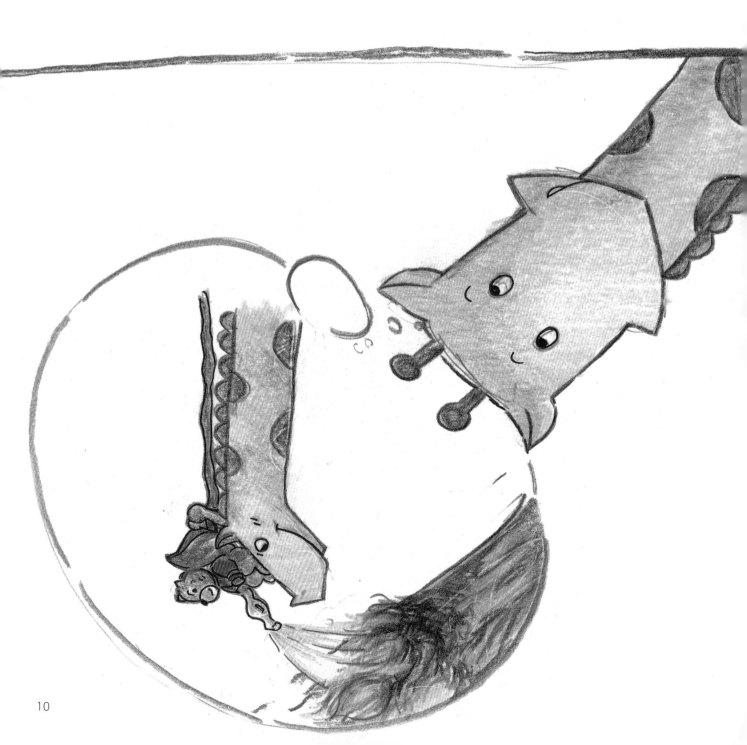

長頸鹿小弟，脖子長，
看得高又遠，
長大最想當消防員。

老鼠妹妹，愛拍照，
未來想當攝影師，
想帶著相機繞著世界跑。

害羞的豬小弟，
有點吞吞吐吐，
他說長大想跳
芭蕾舞。

當豬小弟說完，大家七嘴八舌的討論起來……

「你長的胖嘟嘟，怎跳得起芭蕾舞？」
「女生才學芭蕾舞，男生要跳街舞才酷！」小熊還不屑地看著他。

就在大家你一言我一句時，
老師問：

有沒有其他小朋友
有不一樣的看法和
想法呢？

大家你看我，我看你，
突然，
老鼠妹妹舉起了手。

老鼠妹妹拿出相機
分享了許多照片。

雖然小豬弟弟天生肥
但每天努力做訓練，
為了自己的目標
一直努力不懈。

大家看完照片，
都不好意思看著豬小弟，
也為剛剛說錯話紛紛向他道歉。

22

對不起，我剛剛說錯話了，
我不應該嘲笑你的。
你可以原諒我嗎？

真的很抱歉，我不應該小
看你的，你真的很棒！

對不起，我不知道你
這麼努力，我應該要
向你看齊的。

豬小弟聽完大家的道歉，
也原諒了大家。

「大家和豬小弟真的太棒了！
經過剛剛的討論和分享，相信大家
都學到了，夢想是不分性別和外
表，只要朝著你的夢想，夢想總有
一天一定會實現的。」貓頭鷹老師
欣慰的說著。

只要你相信，
努力和堅持。

夢想實現的那天
很快就會到來。